RÉPONSE

AU PRÉTENDU EXPOSÉ DE PREUVES

PUBLIÉ

PAR M. PLOUGOULM,

EX-PROCUREUR-GÉNÉRAL A LA COUR ROYALE
DE TOULOUSE,

*Sur les évènemens dont cette Ville a été le théâtre,
et sur sa Garde Nationale ;*

PAR M. GABRIEL-DOMINIQUE BASCANS,

Capitaine en retraite, Officier de la Légion-d'Honneur,
ex-chef de Bataillon dans la Garde Nationale
de Toulouse.

———◦◦◦❖◦◦◦———

TOULOUSE,

IMPRIMERIE DE J.-B. PAYA, ÉDITEUR,

Hôtel Castellane.

1842.

Toulouse, le 27 janvier 1842.

A M. le *Rédacteur en chef de la*
GAZETTE DES TRIBUNAUX,

Rue du Harlay-du-Palais, 2, au coin du quai de l'Horloge.

MONSIEUR LE RÉDACTEUR, [1]

Le préambule que vous avez inséré dans votre n° 4562, à la date du 1ᵉʳ Décembre 1841, qui ne peut être que de M. Plougoulm lui-même, prouve que vous vous êtes laissé prendre aux prétendues vérités, explications graves et calmes, dites-vous, que M. Plougoulm, ex-procureur-général à la Cour Royale de Toulouse, a fait imprimer dans votre journal, qu'il intitule pompeusement, exposé de preuves, que j'appellerai, moi, preuves de son invention, afin de motiver sa honteuse fuite de Toulouse.

Après avoir lu cette espèce de factum, péniblement élaboré, car on a mis près de cinq mois pour le faire paraître, et que je n'ai pu lire de sang-froid, tant il m'a causé de dégoût, parce que je né pouvais croire qu'un homme qui a porté l'hermine fût capable d'écrire une telle pièce qui fourmille de mensonges et de calomnies, pour se ren-

[1] Cette lettre aurait paru déjà depuis plusieurs jours, si, m'étant arrêté dans les Pyrénées, à mon retour de Pau, où j'avais figuré comme témoin, je n'avais ignoré long-temps les explications de M. Plougoulm, publiées dans la *Gazette des Tribunaux*, le *Messager* et le *Journal des Débats*; explications que je n'ai connues qu'à Toulouse, dans les premiers jours de janvier.

dre , en même temps , beau , brave , énergique , victime et martyr.

D'après un tel rapport , je ne suis plus surpris si le gouvernement a dissout et désarmé la Garde Nationale de Toulouse, si M. le brave et honorable général St.-Michel, et par suite , M. le maréchal de camp Rambaud ont été destitués ; M. Plougoulm le dit lui-même ; il a parlé au roi et aux ministres , et nul doute qu'il n'ait narré les faits de la même manière qu'il vient de les faire insérer dans votre journal.

C'est donc ainsi qu'on dit la vérité au roi et aux ministres ! Des vérités de cette nature doivent , nécessairement , quand elles se multiplient , envoyer les couronnes et les porte-feuilles ministériels , à *volo*.

Je vais redresser les faits exposés par M. Plougoulm. La vérité toute nue va , de nouveau , sortir de ma bouche ; M. Plougoulm la trouvera , sans doute , indécente , mais elle prouvera que le gouvernement a été trompé , et , qu'au lieu de dissoudre la Garde Nationale de Toulouse et de la désarmer, elle a mérité les plus grands et les plus brillans éloges.

Je ne ferai point l'historique des neuf jours de bouleversement dont notre malheureuse ville a été le théâtre, ce qui m'éloignerait trop de mon sujet ; je ne veux que suivre M. Plougoulm dans son récit , redresser les fausses assertions qu'il a écrites sur les événemens de Toulouse et détruire l'échafaudage qu'il a bâti, à l'aide duquel il voudrait se réhabiliter, et reprendre l'emploi qu'il a perdu par son peu de tête , d'énergie , en un mot par sa faute.

Lorsqu'il fut permis à la Garde Nationale de prendre les armes (soirée du 12 Juillet), et que les premiers Gardes-Nationaux parurent dans les rues et sur les places publiques , l'expression me manque pour décrire les scènes de joie , de contentement et d'enthousiasme que fit éclater la population toulousaine; les vivats , les bravos et les applaudissemens étaient frénétiques. (Je demande pardon

si dans cette réfutation que je fais du récit de M. Plougoulm , je suis dans la pénible situation de parler souvent
de moi.) Moi-même , en paraissant sur la place du Capitole,
je fus presque enlevé, tant le peuple fondait ses espé-
rances sur la Garde Nationale , pour ramener l'ordre , le
calme et la tranquillité qui , depuis neuf jours , avaient dis-
paru de notre cité.

De suite la Garde Nationale réunie , les postes de la ville
devaient être occupés , moitié par elle , moitié par la garni-
son ; sur mes observations que de cette manière on établirait
deux camps dans la ville , les postes furent amalgamés ,
moitié gardes nationaux et moitié troupe de ligne ; les
postes ainsi organisés et formés , une collision devenait impossible ; dès ce moment plus de charges de cavalerie et
d'infanterie ; tout annonçait que l'ordre et le calme allaient
renaître , en effet , la nuit du 14 et les nuits suivantes , la
ville fut illuminée d'une manière féérique , depuis le rez-
de-chaussée des maisons , jusqu'aux mansardes ; elle pré-
sentait à l'œil étonné une illumination si brillante et si
éclatante que les personnes les plus avancées en âge n'a-
vaient jamais vu rien de pareil ; mais n'anticipons pas sur
les choses et les événemens.

Dans la nuit du 12 au 13 Juillet , vers une heure du
matin , faisant ma ronde des postes , j'ai trouvé M. Plougoulm en conversation réglée avec les gardes-nationaux
qui formaient la garde de son hôtel, il leur disait : — « Mais
enfin , qui pourrait me dire pourquoi je suis mêlé aux cris
qu'on pousse contre M. Mahul ? — Moi ! je vous le dirai ,
lui répond un grenadier ; — Oh ! je vous en prie , vous
me rendrez service : — D'abord , mon intention n'est point
de vous blesser ni de vous faire de la peine. — C'est con-
venu ; — Eh bien ! on dit que le gouvernement a envoyé
M. Mahul pour faire de la force , et comme on prévoit de
la résistance , qu'il y aura des arrestations , on dit que vous
êtes de connivence ensemble , afin d'obtenir des condam-
nations à coups de réquisitoires. — Comment ! mais je ne

connais pas cet homme que je n'ai vu qu'une ou deux fois dans les salons de Paris ; on m'accole à lui ! que je suis de connivence ! mais je le répète, je ne connais pas cet homme, depuis deux ans que je suis à Toulouse, je ne me suis pas mêlé d'intrigues, je ne m'occupe qu'à rendre justice.

Voyant et entendant les confidences que les gardes-nationaux faisaient à M. Plougoulm et que M. Plougoulm rendait confidence pour confidence, et qu'il y avait un parfait accord entre M. Plougoulm et les gardes-nationaux, très satisfait de cette intimité, je quittai ce poste pour continuer ma ronde. M. Plougoulm le dit lui-même, le 13 à deux heures du matin, tout désordre avait cessé ; et à qui devait-on ce commencement de calme et de retour à la tranquillité ? n'est-ce pas aux bonnes dispositions qu'avait prises la Garde Nationale ? sans nul doute.

M. Plougoulm dit : — « Qu'à huit heures de la matinée « du 13, il n'avait que quelques gardes-nationaux à sa « porte, parmi lesquels il y en avait qui évidemment étaient « étrangers aux contrôles ; il me fut démontré dès-lors « que l'émeute s'était jetée dans la Garde Nationale. » — Tout cela est matériellement faux ! Il y avait à l'hôtel de M. Plougoulm, non pas quelques gardes-nationaux, mais bien cinquante gardes-nationaux avec leurs officiers et tambours ; la plupart à la vérité en bourgeois, parceque, depuis huit ans que la Garde Nationale n'avait point pris les armes, les uniformes étaient en partie déteriorés ; je déclare que tous les gardes-nationaux étaient portés sur les contrôles. Pour démontrer que son assertion est vraie, M. Plougoulm la fait suivre d'une déclaration du 13 Juillet, que lui adresse un commissaire de police, qui lui dit : « Que la garde de son domicile avait été envahie « par des hommes qui évidemment n'étaient pas por- « tés sur les contrôles, dont les figures l'avaient fait frémir, « et qu'il n'était pas sans inquiétude sur son sort. » — M. Plougoulm devait être parfaitement tranquille, car il avait conversé une grande partie de la nuit avec les gardes-nationaux qui étaient de garde à son hôtel ; mais il faut avouer que ce commissaire de police n'est pas le seul à qui les figures qui étaient à l'hôtel Plougoülm, aient fait peur , car elles se sont présentées dans toutes les capitales de l'Europe. En effet, ce sont des figures bien caractérisées dont les rides profondes se sont formées à la fumée du canon et du feu de deux rangs , aux bivouacs d'Allemagne , d'Italie , de Pologne , de Russie , d'Espagne et d'Egypte ; est-il étonnant que des figures de ce genre aient effrayé un commissaire de police et M. Plougoulm ?

M. Plougoulm dit que dans la matinée , étant chez M. le lieutenant-général St.-Michel , il a entendu déclarer par plusieurs membres de la Garde Nationale , que celle-ci exigeait le départ de M. Mahul ; n'étant point , dans ce moment , au quartier-général , je ne puis démentir ce propos , mais ce que j'affirme , c'est que la Garde Nationale n'a délégué personne pour faire une semblable demande , et qu'elle n'a poussé aucun cri qui puisse justifier un fait aussi grave que débite M. Plougoulm : voyons , par trois faits qui se sont passés à la préfecture , à diverses heures dans la journée du 13 Juillet , si ce que rapporte M. Plougoulm n'est pas de son invention.

Il y avait à la préfecture trois compagnies de Garde Nationale que j'avais envoyées le 12 au soir ; les soldats d'artillerie et du 37e régiment , étaient à peu près d'égale force; je dis donc qu'à neuf heures du matin 13 , un attroupement considérable de paysans se présente à la préfecture ; M. François Dessales , capitaine dans la Garde Nationale , s'avance vers eux , avec le plus grand sang-froid et une grande résolution , et leur demande ce qu'ils veulent: — Nous voulons entrer dans la préfecture (M. Mahul n'était pas encore parti.) — La préfecture est confiée à la Garde Nationale, dit le capitaine , vous ne pourrez entrer sans faire injure à la Garde Nationale ! ainsi je vous engage à vous retirer. Ils s'éloignèrent en criant vive la Garde nationale! Premier fait.

Vers midi et demi, un second attroupement beaucoup plus fort que le premier se présente à la préfecture : M. Berdier, capitaine dans la Garde nationale, ancien militaire décoré, s'avance vers eux et leur demande ce qu'ils veulent ; — Nous voulons entrer et voir le préfet. — Il est parti. — C'est égal, nous voulons entrer. — La préfecture est confiée à la Garde Nationale ; — Respect à la Garde Nationale ! une foule de voix s'écrièrent : Respect à la Garde Nationale ; vive la Garde Nationale ! et cet immense attroupement se retira. Second fait.

Un troisième attroupement se présente et veut pénétrer dans la préfecture ; mais la Garde Nationale ferme, inébranlable, toujours fidèle à son devoir et à son drapeau, s'oppose et force l'émeute à se retirer ; eh bien ! M. Plougoulm vous dira, avec un aplomb imperturbable, que la Garde nationale est plutôt l'amie que l'ennemie de l'émeute, et que l'émeute a pénétré dans ses rangs ; voilà comment M. Plougoulm écrit l'histoire. C'est vraiment à faire hausser les épaules, ou plutôt c'est une infâme calomnie.

M. Plougoulm me fournit à présent l'occasion de raconter l'histoire de la fameuse proclamation qu'il appelle, lui, déclaration, et qu'il a si gauchement dénaturée ; je laisse la dénomination de cette pièce, qui se trouve entre mes mains, à l'appréciation de messieurs de l'Académie, afin qu'ils lui donnent le baptême ; jusque-là je l'appellerai proclamation.

M. Plougoulm, étant chez M. le général St.-Michel, prétend que, dans ce moment, moi, Bascans, avec quelques autres personnes, annonçâmes que la multitude furieuse était sur le point d'envahir la préfecture, et qu'on aurait à peine le temps de sauver le préfet ; ils demandèrent qu'on leur fournît le moyen d'annoncer officiellement le départ de M. le préfet, afin de calmer l'effervescence populaire et de trouver ainsi l'instant de la retraite ; eh bien ! autant de mots autant de mensonges. Voici de quelle manière la proclamation a été faite : c'était vers neuf heures du matin , 13 , venant de la rue Lafayette , je débouchais sur la place du Capitole , lorsque je me trouve face à face avec M. Samson , lieutenant dans la Garde Nationale , il me dit : — Je vous cherche depuis une heure , M. le lieutenant-général St.-Michel vous demande. — Que me veut-il ? — Je n'en sais rien. — Eh bien! je vais chez M. le lieutenant-général. En entrant au quartier-général , au rez-de-chaussée , se trouve un bureau , là étaient M. Mahé , lieutenant-colonel d'artillerie , commandant la place de Toulouse, et M. Plougoulm ; en me voyant, ce dernier s'approche de moi et me dit : M. le préfet va partir , on vous a envoyé chercher pour que vous annonciez son départ. J'avoue que mon étonnement fut extrême. Avec la rapidité de l'éclair j'aperçus la gravité du fait ; je répondis à M. le procureur-général : Il n'y a rien que je ne fasse pour ramener le calme et la tranquillité dans ma ville natale , mais il me faut une pièce pour ma garantie personnelle. M. Plougoulm réfléchit quelques secondes : — Vous avez raison ; montons chez le général. —En entrant dans sa chambre , je vis M. le lieutenant-général couché sur son lit , ayant une vingtaine de sangsues sur la blessure qu'il avait reçue à la cuisse dans la soirée du 12 , il y avait un docteur auprès de lui , du moins , je le suppose comme tel ; un capitaine d'état-major, M. Samson, lieutenant , qui venait d'arriver ; M. Plougoulm s'écrie : — Voilà le commandant ! — Ah! soyez le bien-venu , dit M. le général ; vous pouvez annoncer que M. le préfet va partir ! — Oui ! dit M. Plougoulm , mais le commandant demande une pièce. — Eh bien! faites-la , je la signerai. — Et moi aussi , je la signerai , Général. — Oui ! oui ! faites ce que vous voudrez. — M. Plougoulm et le capitaine d'état major passèrent dans la pièce voisine ; M. Plougoulm dicta la proclamation, et M. le capitaine d'état-major l'écrivit. Elle était conçue en ces termes : TOUTE CAUSE DE DÉSODRE DOIT CESSER ; LE PRÉFET QUITTE A L'INSTANT TOULOUSE. DIX HEURES DU MATIN , 13 JUILLET 1841 ; signé : le Lieutenant-général St-Michel ; signé , le Procureur-général Plougoulm.

M. Plougoulm ; en me remettant cette pièce , me dit :
«Donnez-lui la plus grande publicité ; je vous recommande,
surtout, de dire que je suis parfaitement d'accord avec
M. le lieutenant-général , et que j'ai signé ; surtout ,
faites remarquer ma signature : — Soyez tranquille, rap-
portez-vous en à mon zèle ; dans cinq minutes , tout Toulouse va savoir que M. le Préfet va partir. » Avant de
sortir , il est bon de vous dire , dis-je à M. Plougoulm, que
vous êtes mêlé aux cris de la rue , à tort ou à raison , c'est
ce que j'ignore ; c'est un orage qui passe , vous êtes à l'a-
bri , restez auprès de M. le général : — Mais ma femme et
mes enfans ! Monsieur, on les enverra chercher. — Je me
tourne du côté de M. le lieutenant-général , je lui dis :
« Mon général , j'ignore ce que va produire la publicité de
cette pièce ; mais si M. Plougoulm a quelques velléités de
sortir , engagez-le à rester auprès de vous ; parceque, dans
une crise aussi violente , on ne peut prévoir ce qui peut
arriver : — Sans doute ! restez auprès de moi, mon cher
Plougoulm , vous me tiendrez compagnie. — Eh bien ,
je reste, je ne sortirai pas. »

Je sortis du quartier-général, tenant la proclamation
à la main ; passant dans une partie de la rue Saint-
Antoine du T, rue des Trois-Mulets , je débouchai sur
la place Lafayette ; je m'adressais à tous les groupes et
attroupemens que je rencontrais, et je leur disais : « Tout
est fini, retirez-vous, le Préfet va partir ; et je leur don-
nais connaissance de la proclamation. Il est bien vrai de
dire que cette proclamation fut d'un effet magique ; en
continuant ma route, je passai rue Lafayette et je débouchai sur la place du Capitole : elle était encombrée
d'hommes , je leur donnai connaissance de la proclamation : dès ce moment, les attroupemens, les rassemble-
mens et les groupes s'affaiblirent à un tel point, que ce
qu'il en restait encore était très insignifiant. J'entrai au
Capitole pour y chercher M. Dupin, imprimeur de la
garde-nationale , afin qu'il imprimât la proclamation à un
grand nombre d'exemplaires : il n'y était pas. Je pénètre

dans le cabinet de M. le Maire ; là se trouvait M. le général
Rambaud, entouré de plusieurs conseillers municipaux,
En m'apercevant, M. le général Rambaud me dit : —
commandant, vous allez venir avec nous à la Préfecture.
— Général, il ne me faut que le temps de passer mon
uniforme. — Oui ! allez. Avant de sortir, je montrai la
proclamation à ces Messieurs, et c'est là, seulement, que
M. le général Rambaud a eu connaissance de cette pièce ;
je lui dis que j'avais ordre de lui donner la plus grande
publicité.

Vous le voyez, M. le Rédacteur, M. Plougoulm est
pris ici en flagrant délit.

Je sortis à l'instant du Capitole, tenant toujours la proclamation à la main ; passant dans la rue de la Pomme,
une masse énorme d'hommes me suivait ; je me dirigeai
vers l'imprimerie Dupin, mais il me fut impossible d'y
parvenir, tant était serrée et compacte la colonne qui me
suivait : — Monsieur le Préfet va partir, que chacun
rentre chez soi, tout est fini ! Une voix sort de cette
masse, qui s'écrie : — Ne le croyez pas, c'est un *floueur* !
— Tu en as menti, le Préfet va partir ; si cela n'est pas
vrai, f.... moi un coup de fusil (c'est le langage de cir-
constance). M. de Guintrand perce la foule et arrive
jusqu'à moi : — voyons ; il lit à haute voix la proclamation, et dit : — Cela est vrai ; monsieur le lieutenant-
général et M. le procureur-général ont signé. Une foule
de voix s'écrient : — donnez-nous cet écrit ; et on se dis-
pose à me l'enlever : — est-ce que vous prétendez me la
ravir ? — non ! non ! mais nous en voulons une copie.
J'étais dans ce moment devant mon logement : — eh bien !
que deux d'entre vous montent chez moi, ils en prendront
une copie. En effet, deux hommes que je ne connais pas,
montèrent dans mon appartement et prirent une copie de
la proclamation, et me dirent qu'ils allaient la porter à
l'*Emancipation*; ils sortirent de chez moi. Je passai mon
uniforme, et je me rendis à la Préfecture, comme me

l'avait ordonné M. le général Rambaud, j'ignorais encore dans quel but ; je me présente devant M. le général, qui me dit : — commandant, on vous a désigné pour accompagner M. le Préfet. M. Mahul s'approche de moi et me dit : — commandant, je me mets sous votre sauve-garde ! — M. le Préfet, avant que vous soyez atteint, ou qu'on vous touche, je serai mort, comptez là-dessus. Immédiatement après nous partîmes dans une Toulousaine, où ordinairement il n'y a que deux places ; cependant, nous nous y blotîmes cinq : M. Mahul, préfet ; M. le général Rambaud ; M. Gasc, adjoint de la Mairie provisoire ; M. Samson, lieutenant dans la garde nationale, et votre serviteur, chef de bataillon dans la garde nationale.

Pendant notre voyage, M. Mahul parla des vexations qu'il avait éprouvées sous la branche aînée des Bourbons, sur sa situation présente. M. Samson mit en avant le nom de M. Plougoulm : — Plougoulm, dit M. le Préfet, il est plus effronté qu'un officier de cavalerie ; d'après son récit, auquel je réponds, je le crois fermement.

Voilà l'histoire de la proclamation, et tout ce que je sais du départ de M. Mahul ; en un mot, voilà comment les choses se sont passées.

Quant à la déclaration d'un officier d'état-major (ce ne peut être que M. Dupont, car il n'y avait que lui au moment où j'entrai dans la chambre de M. le Général) dont s'arme M. Plougoulm, s'il veut nommer l'officier d'état-major, j'irai le trouver et le prierai de démentir M. Plougoulm sur le rôle qu'il veut me faire jouer sur la naissance de la proclamation ; il n'y a de vrai, concernant cette pièce, que ce que je viens d'écrire.

Je prends encore M. Plougoulm en flagrant délit de mensonge : « J'écrivis, dit-il, au général Rambaud, pour » le prier de s'expliquer sur les faits relatifs à la déclara- » tion dont il avait été témoin. N'est-il pas vrai, lui dis-je, » que, le mardi matin, lorsque M. Mahul avait déclaré » qu'il voulait partir, et que les préparatifs étaient faits,

» plusieurs personnes, entre autres M. Bascans, frappés
» du péril où était M. Mahul, vinrent demander que le
» fait du départ qui allait s'opérer fût déclaré, afin de faci-
» liter la retraite, et de sauver la vie du Préfet.

» Que personne n'a songé à la faire afficher, ni à la
» convertir en proclamation ; que M. Bascans l'a emportée
» quand il allait accompagner M. le Préfet. »

Je répondrai d'abord que, si M. le général Rambaud
a répondu affirmativement à la lettre de M. Plougoulm,
il ne peut l'avoir fait que par pure complaisance, afin
d'envoyer une fiche de consolation à M. l'ex-procureur-
général, puisque celui-ci la lui demandait ; parceque :

1º M. le général Rambaud n'était pas au quartier-général quand j'ai été appelé seul auprès de M. le lieutenant-
général Saint-Michel ; M. le général Rambaud était au
Capitole, entouré de MM. les conseillers-municipaux,
conséquemment il n'a pas été témoin, ni présent, lorsque
M. Plougoulm a dicté et m'a remis la proclamation, de la
manière que je l'ai expliqué plus haut ;

2º Parceque, lorsque j'ai emporté la proclamation,
j'ignorais que j'étais désigné pour accompagner M. le
Préfet.

3º Parceque, lorsque M. Plougoulm me remit la proclamation, il n'y avait dans la chambre de M. le lieutenant-général Saint-Michel que les personnes que j'ai citées
plus haut.

4º Enfin, que lorsque M. Plougoulm m'a remis la proclamation, il m'a dit de lui donner la plus grande publicité.

Je pense que, lorsqu'on veut donner la plus grande
publicité à une pièce de cette nature, il faut la faire imprimer. M. Plougoulm prétend que cette pièce n'était point
pour être affichée, ni imprimée ; pourquoi donc me
l'aurait-il donnée : est-ce pour que je la garde dans ma
poche ?

Maintenant, j'arrive au moment où M. Plougoulm sortit
du quartier-général, pour retourner à son hôtel (journée
du 13) quoique, cependant, il eût promis à M. le lieutenant-général Saint-Michel de ne point le quitter ; il se
fit accompagner par un chef d'escadron d'état-major, et
un sous-officier de la garde nationale qui était de planton
au quartier-général, M. Mercié. Pourquoi M. Plougoulm
a-t-il quitté M. le lieutenant-général Saint-Michel ; il ne
pourra pas dire que c'était à cause de sa femme et de ses
enfans : il savait que Madame et ses enfans étaient chez
son ami, M. Jourdain ; or, ce n'était point sa famille qui
le préoccupait : je vais donner ma pensée sur cette démar-
che imprudente.

Depuis environ deux heures, toute la ville savait, par
la voie de la proclamation, que M. Mahul était parti ;
dès-lors, M. Plougoulm dut penser que toute la ville était
instruite que lui, Plougoulm, était d'accord avec M. le
Lieutenant-Général, qu'il n'était en aucune manière de
connivence avec M. Mahul, et qu'il pouvait sortir en toute
sécurité, pour exploiter un peu de popularité qu'un semblable accord devait lui donner ; en effet, à quelques pas
avant d'arriver chez lui (il est bon de dire que le chef
d'escadron l'avait quitté sur la place Lafayette) il se met
à pérorer les gardes nationaux et les passans, en leur
disant que jamais il ne s'était mêlé de rien, qu'il ne s'oc-
cupait qu'à rendre la justice, et qu'il ne connaissait pas
M. Mahul ; il se forma un cercle très nombreux autour de
l'orateur ; enfin, M. Mercié, qui s'aperçoit du danger, le
prend par le bras et le fait rentrer chez lui. Ah ! qu'il
doit regretter bien amèrement de n'avoir pas suivi mon
conseil : il serait encore procureur-général à la Cour
royale de Toulouse, M. le lieutenant-général Saint-Michel
commanderait encore la 10e division militaire, et M. le
général Rambaud commanderait le département de la
Haute-Garonne.

Je reprends d'un peu plus haut, pour quelques secondes, le récit de M. Plougoulm.

"Je vous prie, M. le Rédacteur, de ne point perdre de vue ce que je vais écrire ; c'est M. Plougoulm qui parle : « Je m'étais mis en mesure dans la journée du 12 de re-» pousser l'émeute, pour défendre personnellement mon » domicile; c'est pourquoi, ce jour-là, je ne fus pas à la » Préfecture. » Il va se passer, tout à l'heure, une scène qui prouve combien M. Plougoulm était peu affermi dans sa résolution.

Rentré dans ses appartemens, il entendait les cris de l'attroupement que lui-même, en pérorant, avait rassem-blé. Il fait demander le chef du poste, M. Mondouy, ca-pitaine dans la garde nationale, et lui adresse cette ques-tion : « Croyez-vous, capitaine, que je sois en danger ? — je ne le pense pas, répondit le capitaine ; au surplus, on n'arrivera jusqu'à vous qu'après m'avoir passé sur le corps. » Voilà un capitaine qui dévoue sa vie, non dans l'intérêt de M. Plougoulm, qu'il ne connaît pas, mais dans l'intérêt de son devoir et de sa consigne, qui est de proté-ger M. le procureur-général au péril de ses jours ; cepen-dant, M. Plougoulm prétend que la journée du 12 a été consacrée par lui à faire des préparatifs de défense, et, à la proposition de M. le capitaine Mondouy, il ne lui tend pas la main, en lui disant : « Capitaine, unissons nos des-tinées; s'il faut combattre, nous combattrons, et s'il le faut, nous mourrons ensemble. Mais au contraire, M. Plou-goulm songe à la retraite, tant il est préoccupé que la garde nationale est plutôt l'amie que l'ennemie de l'émeu-te; qu'en un mot, l'émeute a pénétré dans la garde na-tionale. Pendant ces pourparlers, les pavés pleuvent sur la garde nationale ; M. Plougoulm franchit le mur mi-toyen et se réfugie chez M. Tiste. Plusieurs gardes natio-naux furent atteints ; un entre autres, dont je regrette de n'avoir pas le nom, eut la figure partagée d'un coup de pavé ; cette blessure courait depuis la tempe jusqu'au menton. Voilà de quelle manière l'émeute pénètre dans la garde nationale : c'est à coups de pavés ! Et les preuves d'amitié que donne l'émeute aux gardes nationaux, c'est en les contusionnant et leur cassant la mâchoire à coups de pavés. Après cela, M. Plougoulm dira au roi, aux ministres, à toute la France, que la garde nationale de Toulouse est l'amie de l'émeute : vous êtes fou , M. Plougoulm, et dans notre langage toulousain, je vous dirai : *cal embouya moussu Plougoulm joux l'ourmé,* ce qui veut dire aux petites maisons.

Voyons encore, par un autre résistance qu'a opposée la garde nationale, si l'émeute n'a pas pénétré dans ses rangs :

Le poste qui se trouve situé à la place d'Orléans est occupé par les chasseurs de Vincennes. Ce poste se trouve assailli et cerné par une masse énorme de peuple ; une compagnie de gardes nationaux , commandée par M. Rigailhou , capitaine, arrive et dégage les chasseurs de Vincennes , plusieurs autres fractions de compagnie de la garde nationale viennent appuyer et renforcer M. Rigailhou. Ce poste est sauvé , conduit sous la protection et l'égide de la garde nationale qui le ramène sain et sauf à son quartier.

Les vieux militaires qui se sont particulièrement distingués par leur influence, leurs discours, leur énergie, sont M. Olivier, vieux soldat d'Egypte ; il y était en qualité de sergent-major ; il était encore de l'expédition de Saint-Domingue, toujours sergent-major , M. le maréchal Clauzel lui en a délivré les plus beaux certificats, et M. le lieutenant-général Leydet, député qui, à Saint-Domingue, a été sous les ordres de M. Olivier comme caporal et comme son fourrier, pourra établir les droits de ce vieux débri de nos illustres et valeureuses phalanges. M. Olivier a été proposé sept fois pour l'obtention de la décoration : beaucoup de promesses, beaucoup d'eau bénite de cour, voilà tout ce qu'il a reçu ; tout en protégeant les chasseurs de Vincennes, M. Olivier reçut un coup de pavé qui vint se briser sur la poignée de son sabre , sans cela sa main en aurait été broyée.

M. Mazas, vieux soldat de l'armée d'Egypte, tambour des chasseurs dans la garde nationale, qui en Syrie et en Egypte fit deux actions d'éclat remarquables ; il a plusieurs lettres du ministre de la guerre, de la chancellerie et du cabinet du roi, dans lesquelles on lui fait espérer le prix de ses bons et loyaux services ; mais voilà tout.

M. Marcel, vieux soldat de l'empire, lieutenant dans la garde nationale, qui, au combat du pont Sainte-Christine, près del Moulin del Rey en Catalogne, reçut une balle qui lui cassa la cuisse. Cette blessure l'a rendu boiteux : ce vieux militaire n'est point décoré.

M. Grasset, chasseur dans la garde nationale, qui a servi dans la marine avec distinction, tout en protégeant les chasseurs de Vincennes et les conduisant à leur quartier, reçut un coup de pavé dans les reins, qui l'obligea à garder le lit plusieurs jours : ce vieux marin n'est pas décoré.

Voilà encore de quelle manière l'émeute entrait dans la garde nationale et les signes de bonne amitié qu'elle prodiguait aux gardes nationaux : qu'en pense M. Plougoulm ?

M. Raspeau, capitaine dans la garde nationale, qui quelques momens après arriva avec sa compagnie au pas de course, pour soutenir M. Rigailhou ; il contribua puissamment à calmer l'effervescence populaire.

Je citerai encore, parmi les citoyens qui dans les divers postes et positions où ils se sont trouvés ont concouru par leur influence et leur énergie à ramener le calme et l'ordre dans notre ville, M. Pégot, grenadier de la garde nationale, vieux soldat de l'empire qui n'est pas décoré.

M. Brisson lieutenant de cavalerie dans la garde nationale et M. Barreau-Tourres, lieutenant dans la garde nationale ; quoique ces deux messieurs n'aient point servi, ils n'en ont pas moins agi avec prudence, courage et une force de caractère qui mérite une mention toute particulière : en un mot, ils se sont conduits en bons et loyaux citoyens amis de leur pays.

Tout naturellement ici vient se placer sous ma plume un nom qui a puissamment et activement contribué à ramener le calme, la tranquillité et l'ordre dans Toulouse, c'est M. Massabiau, conseiller municipal, chef de bataillon dans la garde nationale, ancien militaire sortant de l'école militaire, faisant partie de cette immortelle garde impériale qui a vu tous les rois de l'Europe à ses pieds : c'est avec regret que je vois qu'il n'est pas décoré.

Je citerai les nombreuses patrouilles de la garde nationale avec lesquelles je faisais sillonner la ville, qui ramenèrent à leurs casernes plusieurs chasseurs de Vincennes, et qui empêchèrent que le peuple irrité ne leur fît aucun mal.

Je ne puis m'empêcher dans cette occasion de citer le zèle infatigable de M. le capitaine Chavardés, commis greffier à la cour royale. Comme il revenait d'une très longue et fatigante patrouille, en doublant sa force numérique en gardes nationaux, je lui ordonnai de repartir au pas de course, d'aller au fond du faubourg Saint-Michel dégager huit chasseurs de Vincennes que le peuple tenait cernés dans une auberge : les chasseurs de Vincennes furent heureusement délivrés.

Moi-même, je priai M. le directeur de la banque, M. Martin, de donner un lit à un chasseur de Vincennes : il l'a gardé deux jours.

Enfin, s'il fallait nommer tous les gardes nationaux qui ont concouru au rétablissement de l'ordre et au respect qui est dû aux lois, il faudrait nommer, sans distinction, tous ceux qui font partie de la garde nationale, car chacun a bien fait son devoir.

Tout en rendant hommage à la vérité, et faisant connaître les droits qu'ont à la reconnaissance de leurs concitoyens quelques vieux militaires qui ont le plus rendu de services à la ville, j'ai voulu faire connaître les horribles figures de ces quelques grognards qui ont fait tant de peur à M. Plougoulm et à ce commissaire de police qui ne peut être que M. Segon.

Toutes ces citations m'ont éloigné de mon sujet ; j'y reviens.

L'attroupement devant l'hôtel de M. Plougoulm étant devenu plus considérable, plus fort, une nouvelle compagnie de la garde nationale, commandée par M. le capitaine Balech, homme franc du collier, sur lequel je pouvais compter, ancien officier qui a servi dix-sept ans et demi, qui a fait toutes les campagnes de l'empire, et qui cependant n'est pas décoré, arrive au pas de course pour renforcer la compagnie Mondouy qui était chez M. Plougoulm ; un peu plus tard, M. Goulard, ancien militaire sortant de l'école militaire, décoré, chef de bataillon dans la garde nationale, faisant patrouille avec quatre-vingts hommes, au premier avis se porte rapidement à l'hôtel où était logé M. Plougoulm : dès lors l'attroupement cessa d'être hostile.

Le gendre de M. Scudier, M. Lignéres, propriétaire de l'hôtel, s'avance vers l'attroupement et leur dit : « M. Plougoulm n'est pas dans l'hôtel, et pour vous le prouver, venez le voir, non pas tous, mais seulement deux d'entre vous. » Cette proposition fut acceptée et deux jeunes gens de l'attroupement se détachèrent, prirent le bras droit et le bras gauche de M. Lignéres et allèrent ensemble parcourir les appartemens de M. Plougoulm. M. Mercié, sergent de planton chez M. le lieutenant-général, qui avait accompagné M. Plougoulm et qui avait lui-même préparé les moyens de son évasion, engage deux autres jeunes gens qui faisaient partie de l'attroupement à le suivre pour leur prouver, ainsi que M. Lignéres voulait le faire, que M. Plougoulm n'était pas dans l'hôtel, et par suite éloigner cette multitude de devant le poste et avoir la place libre.

On a beaucoup blâmé la garde nationale d'avoir laissé

pénétrer ces individus dans l'appartement de M. Plougoulm, je répondrai que la garde nationale n'avait pas le
droit d'empêcher le propriétaire de l'hôtel d'introduire chez
lui qui bon lui faisait plaisir ; elle s'y serait opposée, si
M. Plougoulm s'était trouvé dans l'hôtel, et la garde nationale n'aurait eu aucun égard pour le propriétaire, si celui-ci avait voulu introduire des hommes de l'attroupement chez lui dans ce moment, et ne l'eût pas permis.

Cependant une feuille grave, le *Messager*, qui, dit-on,
est un journal ministériel, a imprimé que le logement de
M. Plougoulm avait été envahi par deux fois et que ce qu'on
n'avait pu piller avait été brisé ; que la garde nationale
présente avait laissé faire. M. le colonel Ducasse, commandant la garde nationale de Toulouse et conseiller municipal, écrivit pour que le rédacteur voulût bien rectifier l'article mensonger qu'il avait inséré dans son journal. En le
rectifiant, il aurait du moins prouvé qu'il avait été dupe
de sa bonne foi ; mais il n'a point voulu publier la lettre de
M. le colonel Ducasse. — Quand un journaliste persiste à
maintenir un article qu'il a publié, et qu'on lui a prouvé
que cet article dans tout son contenu est faux, il en prend
toute la responsabilité et dès lors il devient un vil et lâche
calomniateur : *à vous Monsieur du* Messager !

Enfin, au crépuscule de la nuit, M. Plougoulm, habillé
en garde national, donnant le bras à M. Destrem, grenadier dans la garde nationale, passèrent devant l'attroupement ; M. Escoubé, lieutenant dans la garde nationale, le
suivait à quelques pas en arrière : ils se réunirent et ga-
gnèrent tous les trois la campagne.

M. Plougoulm n'avait pas d'argent sur lui, ces messieurs lui offrirent leur bourse, et cependant, d'après
M. Plougoulm et le commissaire de police, c'étaient des
figures à faire frémir qui se trouvaient au poste de M. le
procureur-général.

Par le temps qui court, des gardes nationaux qui donnent leur bourse et leurs habits, et d'autres qui se font

rompre les côtes et casser la mâchoire pour un procureur-général, ces MM. doivent avoir des figures à faire frémir la nature, parce que ces gens-là sont plutôt les amis que les ennemis de l'émeute. N'est-il pas vrai, Monsieur Plougoulm? oh! ce sont des monstres? l'horreur!...

Je ferai ici une question à M. l'ex-procureur-général de la cour royale de Toulouse : lorsque M. Plougoulm fut hors d'atteinte de l'attroupement, pourquoi, au lieu d'aller comme Frontin courir les champs, n'a-t-il point dirigé ses pas vers le quartier général, où je l'avais trouvé le matin. Du reste, s'il n'avait pas voulu aller au quartier-général, pourquoi n'a-t-il pas été se réfugier au parquet? Comme auteur d'un ouvrage sur les Romains et comme magistrat, à ce double titre il devait se rappeler ce grand acte d'héroïsme et de vrai courage que donnèrent les magistrats romains, lorsque Brennus assiégea Rome et l'emporta d'assaut, les sénateurs ne cherchèrent à fuir ni à se cacher, ils furent s'asseoir sur leurs chaises curules où ils furent impitoyablement égorgés. Le parquet! c'était la place de bataille de M. Plougoulm; et dès l'instant que la magistrature toulousaine, connue par son énergie et son dévouement, aurait appris que son procureur-général s'était réfugié au palais de justice, MM. le premier président, les présidens de chambre, les conseillers, les avocats-généraux et substituts du procureur-général seraient accourus avec le plus vif empressement, auraient entouré M. le procureur-général, et rien n'y serait arrivé ; il n'aurait pas été besoin de garde nationale ni de troupe de ligne, parce que la grande vénération que porte la population toulousaine à ses magistrats aurait suffisamment protégé M. Plougoulm.

Alors, il faut le dire franchement, M. Plougoulm a été saisi d'une terreur panique, qui l'a fait aller jusqu'à Moissac.

Ainsi, d'après tout ce que je viens de dire, la garde nationale de Toulouse a rempli avec dévouement, prudence, énergie la belle et noble mission que la loi lui a confiée, car elle n'a jamais perdu de vue cette grande, belle et sage inscription qui se trouve sur ses drapeaux : *Liberté, Ordre public!* A son apparition, la liberté des citoyens fut garantie par la force morale de la garde nationale. Depuis neuf jours que notre ville était dans un état de bouleversement et de désordre, eh bien ! la garde nationale paraît : comme un coup de théâtre et comme par enchantement, qui n'est produit que par la force morale de la garde nationale, le désordre disparaît, le calme et la tranquillité reparaissent, comme l'aurore d'un beau jour, pensée si bien exprimée aux assises de Pau par M. Marcel, vieux soldat de l'empire, lieutenant dans la garde nationale. Oui ! la garde nationale a bien mérité non seulement de la ville de Toulouse, mais de la France entière ; car elle a mieux fait que rétablir l'ordre et garantir la liberté aux citoyens, elle a empêché que des balles françaises fussent échangées contre des balles françaises ; en un mot, elle a empêché la guerre civile d'éclater. Qu'on lui tresse des guirlandes et des couronnes civiques, la garde nationale les a bien méritées !

J'ai l'honneur d'être avec une considération distinguée,

Monsieur le Rédacteur,

Votre très humble et très obéissant serviteur,

BASCANS.

Officier de la légion-d'honneur, Capitaine en retraite,
Ex-Chef de bataillon de la garde nationale
de Toulouse.

Rue Boulbonne, 37.

TOULOUSE, Imprimerie de J.-B. PAYA.

www.ingramcontent.com/pod-product-compliance
Lightning Source LLC
Chambersburg PA
CBHW061747180626
46818CB00006B/2782